La Vertical

Florencia Leibaschoff

PAGE PUBLISHING, INC.
Conneaut Lake, PA

Primera publicación original de Page Publishing 2021

ISBN 978-1-66249-284-6 (Versión Impresa)
ISBN 978-1-66249-291-4 (Versión electrónica)

Libro impreso en Los Estados Unidos de América

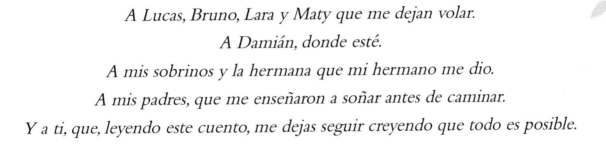

A Lucas, Bruno, Lara y Maty que me dejan volar.

A Damián, donde esté.

A mis sobrinos y la hermana que mi hermano me dio.

A mis padres, que me enseñaron a soñar antes de caminar.

Y a ti, que, leyendo este cuento, me dejas seguir creyendo que todo es posible.

Los Cocoritovski se acababan de levantar. Como todos los sábados la casa de ellos se alistaba para la llegada de toda la familia. (Y cuando te cuento que la casa de ellos se alistaba es porque la casa, sí, sí, la casa misma, lo hacía.)

Respiraba profundo, tomando todo el aire que hubiera en la manzana. Acumulándolo en sus pulmones, dos chimeneas antiguas plantadas en medio del patio central. De pronto, puff... de las chimeneas, salía todo el aire acumulado. Y cuando la casa de los Cocoritovski soplaba todo el aire, había que agarrarse fuerte.

Las plantas se agarraban de lo que tenían a mano para no salir volando a los balcones vecinos. Ya había pasado una vez que un malón rebelde no se había agarrado fuerte y aterrizó en la cara de una vecina rezongona que lavaba sus ventanas.

Era tan, pero tan fuerte el viento que salía de los pulmones con forma de chimenea de la casa que sus paredes de ladrillo se movían exactamente 2 cm y 3/4 para afuera.

—¡Más lugar! —gritaban los niños de la familia Cocoritovski.

La casa, muy coqueta y ninguna tontuela sabía que si los Cocoritovski tenían más lugar estarían más cómodos y comerían más. Ni una miguita quedaría en su impecable suelo color naranjita a puntitos amarillos.

Cada vez que los Cocoritovski comían mucho la Sra. Cocoritovski, conocida por todos como Arcairis se ponía regocijante. Y cuando ella estaba feliz pintaba las paredes de la casa. Rosas, violetas, naranjas, siempre un color vibrante nuevo en sus espaldas. La casa siempre terminaba siendo la más preciosa y envidiada del barrio.

5

Arcairis y su Esposo el Sr. Cocoritovski

La Sra. Cocoritovski, Arcairis, radiaba de color. Ella misma tenía diferentes colores en su cuerpo. Su panza era turquesa, su pierna derecha fucsia y la izquierda verde acuarela.

Todo esto a causa de un antojo mal curado de su madre, una pintora muy famosa de cuadros y esculturas. El padre de Arcairis también era un gran pintor, pero de casas.

Shhhh, la historia secreta cuenta que una noche la madre de Arcairis, embarazada de 6 meses ya necesitaba pintar de naranja, turquesa y verde una obra maestra, pero justamente esos colores se habían terminado en la ciudad. Su esposo los habría usado todos para pintar el puente que unía la Villa Mara con los barrios Real y Dad.

El Sr. Cocoritovski era un pan de Dios y tenía cara de pan. Pan pebete. Redondeada, y bien, bien blandita. Sus cachetes eran irresistibles. A diferencia de Arcairis, el Sr. Cocoritovski tenía toda su piel de un color naranjita pastel uniforme.

Juntos el Sr. y la Sra. Cocoritovski formaban una pareja muy particular.

6

Los sábados, toda la familia se sentaba alrededor de una mesa hexagonal. Las sillas eran todas diferentes. Colores, formas, alturas… cada silla era un mundo aparte.

Es que los Cocoritovski cada semana tenían un integrante nuevo en la familia. Por lo que les era difícil siempre tener la cantidad exacta de sillas. Por eso, siempre pedían sillas prestadas a los vecinos. Sillas que después se olvidaban de devolver. Así, sin querer, crearon "La colección de sillas más amplia de la historia".

Los vecinos no estaban felices con la colección, ellos querían recuperar sus sillas. Pero nadie se animaba a pedirlas.

Volviendo al Almuerzo

La casa ya estaba lista. Toda la familia estaba por sentarse a la mesa cuando una voz nueva se hizo presente.

—¡Holaaa!, ¿alguien en casa? —preguntó Dilu.

La casa, escuchando que alguien la llamaba contestó como una diva.

—La casa está repleta, pero si quieres ser bienvenido, decir quién eres y pedirle al vecino Pérez una silla prestada. Por favor, no decir que es para aquí, pues sino el vecino mendocino no se animará a dejarla ir —dijo la casa.

El joven, intrigado por la situación fue a lo del vecino.

En lo del vecino, tocó la puerta con su pie tres veces y 3/4. Hasta que por fin la puerta se abrió.

—¿Qué hace un joven de cabeza en mi puerta? —preguntó el vecino.

—Disculpe buen caballero, vengo a pedirle una silla prestada —respondió Dilu.

—¿Y para qué la quieres? ¿Acaso irás a lo de los Cocoritovski? Si es así no te lo puedo permitir, pues en esa casa se apropian de las sillas. Y yo a mi silla no la quiero abandonar —respondió el vecino un poco brusco.

—Pe-ro, pe-ro —tartamudeaba Dilu en busca de algo para decir—. Pero, yo se la devuelvo, no se preocupe le prome-to-to.

—No. Además, no me has dicho qué haces de cabeza —finalizó el vecino.

—Señor, si usted desea puede acompañarme y ver que su silla no se quedará en esa casa. Estoy caminando desde los barrios Real y Dad y como sabe no son cercanas tales ciudades. Hambre y sed tengo y me han dicho que no hay como el almuerzo sabático en lo de los Cocoritovski. Dele, sea usted bueno, déjeme llevar un ratito su silla y prometo volver con ella —suplicó Dilu.

El señor vecino no estaba muy convencido, pero a diferencia de otras veces aún dejaba la duda en pie. Este niño era diferente, le llamaba la atención. Caminaba desde Real y Dad un barrio lejano y no solo eso, caminaba con las manos y no le decía el por qué. El vecino pensó que si le daba la silla el joven debería retornar a su casa y ahí tendría oportunidad de investigarlo en profundidad y ver qué datos podría rescatar.

El vecino era un señor de bien, un investigador compulsivo. Para él cada cosa tenía su historia, su secreto y dispuesto a toda costa a encontrar el secreto del joven Dilu optó por darle la silla.

Pero como buen investigador y gran desconfiado le dio la silla atada a una gran y larga soga roja. Una punta se la ató a su muñeca arrugada, la otra a la pata trasera de la silla. Así Dilu se fue con la silla atada a la soga roja caminando por la cuadra.

El Almuerzo

Apenas llegó a la puerta de la casa tocó nuevamente con su pie, esta vez la tocó 7 veces y 2/3. La casa lo oyó, y le abrió la puerta. El joven se sentó en la mesa con su silla y esperó. Esperó y esperó hasta que de pronto un viejo cascarrabias le preguntó.

—¿Qué hace un joven de cabeza caminando con las manos sentado en esta mesa? ¿Acaso eres el nuevo novio de mi sobrina la Martina?

—No, yo pasaba por acá buscando un teléfono, es que vengo caminando desde los barrios Real y Dad y he llegado a este sitio sin saber qué hay detrás —le respondió Dilu.

—¿Caminando? Con las manos de cabeza querrás decir y ¿por qué lo haces así? —el viejo cascarrabias preguntó un poco inquieto.

—Todos los adultos me dicen lo mismo. ¿Qué le pasa a la gente cuando crece? ¿Se olvidan de todo? ¿Ya no saben lo que es soñar? —Dilu contestó desilusionado.

En ese momento la casa, sin poder creer lo que oían sus paredes se estremeció y comenzó a temblar del horror. Entre temblor y temblor el joven Dilu seguía hablando.

—Ustedes los grandes, crecen y piensan que todo está al revés... "el mundo está al revés" gritan por todas partes. Jé, se nota que nunca intentaron hacer la vertical. Si tan sólo probaran alguna vez.

La casa comenzó a aliviarse. Las paredes dejaron de temblar, sin embargo, tanto espasmo hizo que todo lo que estaba alrededor cayera sin perdón. Pero a nadie le importó, la mesa por primera vez de los Cocoritovski estaba en silencio, atentos a las palabras del joven que caminaba de cabeza.

Entonces los hijos menores de los Cocoritovski dijeron:

—Sí, qué buena idea. ¡Hagamos el club de la vertical! Tú serás el líder. Juntos podremos ir de ciudad en ciudad enseñando a los grandes a caminar de cabeza. Así, el mundo tendrá una solución.

A Dilu la idea le pareció fantástica. La mesa de los Cocoritovski festejaba. Todos sentían que era una gran idea. Partirían de viaje mañana, domingo, por la mañana. Dilu durmió esa noche junto a los Cocoritovski. Aún debía resolver una deuda antes del viaje. Devolver la silla. Después de todo la tenía en la casa de los Cocoritovski y la soga roja le recordaba que esa silla tenía que ser devuelta.

Esa noche nadie pudo pegar ni un ojo. La casa estaba afligida. Por primera vez todos los menores se irían. La casa tembló y tembló toda la noche por su congojo.

A la mañana siguiente todos se despertaron empapados. La casa no solo se había movido esa noche, había llorado como nunca y sus cañerías habían explotado. Dilu rio por lo ocurrido, le gustaba sentir el agua en sus manos, le hacía cosquillas. Los grandes estaban enojadísimos con la casa.

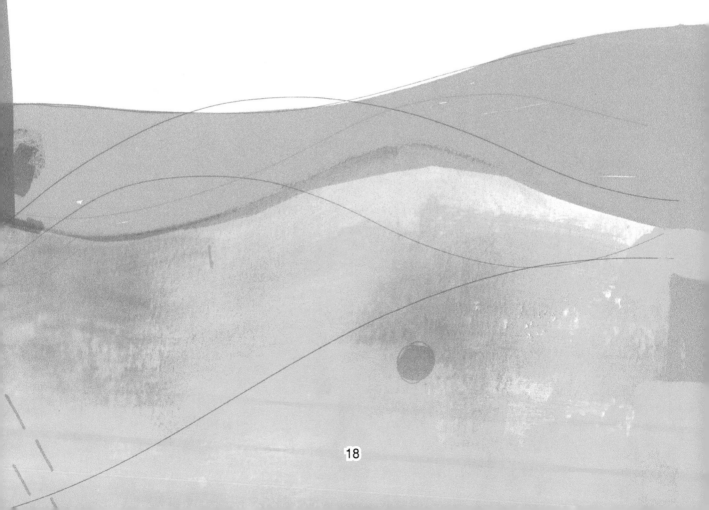

Dilu aprovechó la ocasión para enseñar a hacer por primera vez la vertical en Villa Mara.

Arcairis y el Sr. Cocoritovski fueron los primeros en aprender. Intentaron varias veces, mejor dicho, muchas, unas 578. Al principio se dieron porrazos, pero luego del 578 intento Arcairis logró el equilibrio y se mantuvo una décimo novena parte de un segundo.

Todos la observaban con atención, la casa arrepentida por su comportamiento caprichoso de la noche anterior decidió darle una ayudita. Y cuando Arcairis se levantó sobre sus manos la casa movió una pared lateral colorada tipo remolacha y la ayudó para que se pudiera apoyar más tiempo. Una vez viendo todo de cabeza Arcairis rio a carcajadas. Y no paró de reír. Como si hubiera estado bajo un hechizo mágico.

Arcairis vio de cabeza y pudo darse cuenta de que su amado esposo tenía una media color fucsia y la otra verde acuarela, como sus piernas. Luego vio a Bernardo nadar por el suelo. Bernardo era el pez globo de la familia.

Tanto se reía Arcairis que se olvidó del por qué había tenido que hacer la vertical, ya no pensaba en la manera en la que la casa se comportó, ni en los pisos repletos de agua.

19

—¿Ven?, se comprobó mi hipótesis, vamos amigos hay que llevar la vertical a todos los barrios, los grandes tienen que aprender a hacerla —gritaba Dilu entusiasmado.

Arcairis envolvió una buena cantidad de comida y se la dio a uno de sus sobrinos. Los trillizos Mar, Cyan, Nito llevarían colchones para tener por si los grandes caían en el intento. Dilu sabía que eran necesarios, ya que los grandes no

eran valientes como los niños. Y al no ser valientes tendían a caer como moscas al suelo.

—Es el miedo, ellos tienen miedos y caen más rápido, debemos llevarles colchones para que se atrevan, cuando un grande se lastima no vuelve a intentarlo... parece como si nunca hubieran sido niños. —Explicaba Dilu mientras señalaba a los trillizos para que cargaran los colchones.

La Devolución

Toc. Toc. Toc. Toc. El vecino abrió la puerta y se enfrentó con un grupo de niños de la familia Cocoritovski y Dilu.

—Señor, aquí le dejo la silla y la soga para que vea que he cumplido —dijo Dilu cumpliendo su promesa.

—Gracias, amigo, pero aún no me has dicho qué haces de cabeza, ni a dónde vas con esta familia —tratando de conseguir información respondió el vecino, un poco metido.

—Estamos salvándolo —dijo Dilu.

—¿De qué? Quiero ir, soy investigador y podré ayudar —expresó el vecino muy entusiasmado.

—Gracias, pero no puede venir señor vecino. Usted es grande, no entendería aún —le respondió Dilu.

—Llévate la silla, así al menos si necesitas ayuda tiras de la soga y yo sabré dónde ir —le ofreció el vecino amablemente.

Dilu vio la soga, vio que era larga, muy larga y como estaba apurado pensó que no estaría demás que alguien estuviera al tanto, por si ayuda necesitaban en alguna oportunidad. Dilu partió con la silla, la soga y la banda de amigos nuevos de la familia Cocoritovski de la Villa Mara.

Luego de caminar 5 horas llegaron al primer pueblo nuevo, el pueblo Sin Emo Ción.

Sin Emo Ción

Este era un pueblo pequeño gobernado por 3 hermanos. Sin, era el mayor, Emo, era el del medio y Ción, el menor. Los hermanos se ocupaban de que el pueblo siempre estuviera en orden. Cuando Dilu y el equipo llegaron vieron todas las leyes en las puertas de la ciudad. Eran tantas, pero tantas que prefirieron seguir caminando con cuidado y en silencio para no despertar la atención de los ciudadanos. Pero claro, era un poco raro no llamar la atención, sobre todo cuando los 25 niños caminaban con las manos arrastrando una silla con una soga roja, varios colchones, y una bolsa enorme de comida.

—Alto —dijo una voz ronca—. ¿Quiénes son ustedes monstruos que tienen los pies en la cabeza? Presentarse antes de que llame a los hermanos herederos del trono.

Los niños comenzaron a temblar del miedo y tanto temblaban que de a poco empezaron a perder el equilibrio y caer como fichas de dominó de uno en uno. Dilu al ver que su equipo se desvanecía con facilidad actúo rápido antes de que pierdan del todo la confianza y comenzó a hablar.

—No te ocultes, con tu voz, por qué no vienes afuera y nos ves, atrévete —desafió Dilu.

Entonces de repente un pequeño anciano, con los ojos bien estirados y las arrugas en la cara salió detrás de un gran árbol. Se apoyaba en un bastón. Sus arrugas eran tantas que se le hacía difícil hablar, debía sostenerse las arrugas de los cachetes que le hacían peso sobre la boca, entonces luego de 3/4 hora de acomodarse por fin pudo hablar:

—Monstruos, seres extraños que tienen los pies en la cabeza. La regla número uno de los humanos es caminar con los pies en el suelo. ¿Qué desean?

—No somos seres monstruosos sino niños. Si nos viera de otra manera dejaría de espantarse —contestó Dilu molesto.

El viejo no entendía demasiado. Dilu aprovechó y ordenó a sus amigos que pusieran los colchones por el suelo, la primera lección comenzaría pronto en la ciudad de Sin Emo Ción.

Los colchones fueron desplazados por el suelo de la plaza principal. Dilu comenzó a hablar.

—Estimado señor le ruego, apoye sus manos en el suelo, levante los pies con equilibrio, un hombre tan severo debe de tener control y hacer la vertical es la extrema prueba que indica poseer dicho equilibrio. No le pido que rompa las reglas, solamente que las vea de otra manera. No todo es lo que parece.

Dilu sabía que, si le decía que se necesitaba control para hacerla, lo tendría haciendo la vertical en menos tiempo de lo pensado.

El hombre movía su cabeza pensando que de verdad para hacer la vertical se necesitaba mucho control, y él era el hombre con mayor control de toda la ciudad Sin Emo Ción. Así que sin esperar pronto de manos se puso.

Y así, hizo la vertical y empezó a ver. Le era más fácil, ¡ya no tenía que sostenerse las arrugas de la cara para hablar! Y tampoco debía tenerlas para ver, ya que colgando hacia abajo todo le era más fácil. Vio con claridad todo. Los monstruos de cabeza de pie no eran más que niños amorosos. De pronto reconoció 6 pies agigantados.

—Señores míos, les explico, ahora puedo hablar sin tardar, como ven ya no debo sostener la piel, las arrugas no me impiden ver —exclamó el anciano.

—Basta —lo interrumpió Sin, el hermano mayor—. ¿Qué haces de cabeza con estas marionetas?

Dilu, enfurecido, re enfurecido por el trato que recibían no se aguantó y comenzó a gritar:

—Mira, ya que te la das de saber, a que no te atreves a hacer la vertical, a que eres otro grande más con miedo.

Dilu sabía que los grandes eran seres orgullosos y que no se bancarían que alguien les dijera que no podrían animarse a hacer algo. Dicho y hecho, los tres hermanos pronto estaban aprendiendo a hacer la vertical. Cabeza abajo Sin, Emo y Ción vieron lo que nunca habían visto antes. El viejo ya no era viejo, estaba más joven que nunca, sonriente y hablaba sin parar. Todos se habían olvidado del orden y las reglas, por fin, volvían a reír.

Dilu sabía que ahí su misión estaba terminada. Dos Cocoritovski se quedarían en la ciudad para enseñar junto a los 3 hermanos a todo el pueblo a hacer la vertical.

Así Dilu con la banda de hermanos Cocoritovski fueron de pueblo en pueblo. Pasaron días, meses. En cada ciudad se quedaban 2 hermanos, enseñando a los ciudadanos. La soga roja iba hilando los pueblos, los hermanos quedaban junto a la soga, así si necesitaban algo se podían comunicar. Tiraban una vez cuando otra misión se cumplía y dos cuando querían descansar.

Tantas ciudades recorrieron que de pronto Dilu se encontró solo en su aventura. Los Cocoritovski quedaron atrás. Dilu llegó entonces a las puertas del barrio Ayayay.

Ayayay

Ayayay, era un barrio pequeño. Sus habitantes eran todos cascarrabias que vivían quejándose de sus dolores de cabeza, de ahí el nombre de su querido pueblo, Ayayay. Todo implicaba una queja, cada palabra iba acompañada del nombre de su pueblo.

Dilu comenzó a recorrerlo, mientras caminaba escuchaba los quejidos a lo lejos.

—Buen día Sr. verdulero, ayayay, ¿cómo está? —preguntó el panadero.

—Ayayay, bien, ahí andamos, ayayay —respondió quejoso el verdulero.

Dilu al escuchar la conversación trató de contener su risa, y siguió caminando veloz. Pero cada paso que daba, cada conversación que escuchaba hacía que su risa

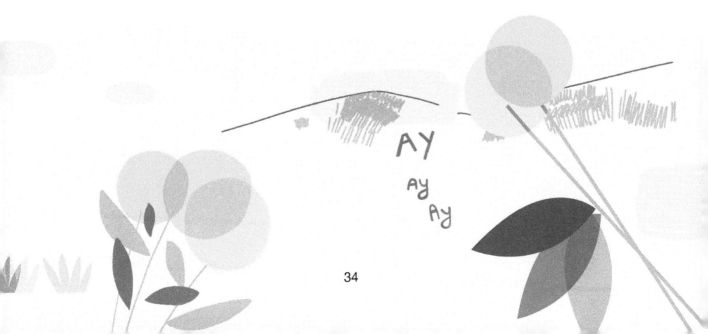

se contuviera en sus cachetes, los que se inflaban cada vez más. Hasta que por fin su cara quedó hecha un globo. Redondo, redondo. Y al pasar por una plaza, que tenía el césped un poco más alto de lo común, una hierba mala le rozó la cara y puf, Dilu explotó a reír a carcajadas en medio de la plaza central de Ayayay.

Todas las personas alrededor lo vieron, lo oyeron y pronto Dilu captó la atención del pueblo entero.

—Ayayay, ¿qué hace un joven riéndose de cabeza sin una queja? —cuestionó el alcalde.

—Disculpe Sr. alcalde, yo vengo de pueblo en pueblo enseñando la vertical, la forma en la que le aseguro su pueblo se dejará de quejar —le dijo Dilu.

—Ayayay, tan joven y queriendo vender fórmulas mágicas. Más ayayay me da —siguió muy desconfiado hablando el alcalde.

—No, señor en serio no es una fórmula mágica. Hagamos una cosa, lo único que me queda a mí es esta silla, hermosa como ve. Lamentablemente es de un buen amigo y no la puedo regalar, pero si usted quiere mientras le enseño la vertical al pueblo entero usted se puede sentar y descansar acá. Así no tiene tanto de qué quejarse —insistió Dilu.

—Ayayay, ¿me tomas de quejoso? De ninguna manera. Esa silla no tiene valor, ayayay —más quejoso que nunca dijo el alcalde.

En ese momento Dilu comenzó a impacientarse, era la primera vez que alguien le refutaba tanto sus buenas intenciones. Dilu se sentó en la silla para pensar cómo continuar con su plan. El alcalde se había ido protestando a refrescarse.

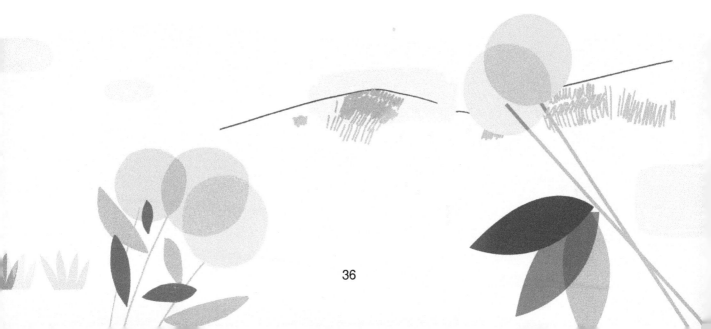

Una vez sentado en la silla Dilu se dio cuenta de que la silla estaba temblando. De repente, la silla en un plinplan, fue llevada para atrás a una velocidad luz. Dilu se encontraba junto al vecino en su casa.

—¿Qué pasó? —preguntó un poco confundido Dilu.

—Ya pasó mucho tiempo, extraño mi silla —le contó el vecino a Dilu.

—¡Pero faltaba solo Ayayay y retornábamos con los pies en alto! Por favor vecino, déjeme terminar —suplicó Dilu mientras continuaba diciendo—: Si quiere lo invito a Ayayay así entenderá por qué de cabeza conviene caminar.

—Trato —rápidamente acordó el vecino.

Así Dilu y el vecino volvieron a caminar por los barrios hasta llegar a Ayayay.

En el camino (no muy corto la verdad) se encontraron con los Cocoritovski y los habitantes de los pueblos que ya estaban de cabeza, mirando las cosas de otra manera.

Cuando llegaron a Ayayay de nuevo se encontraron con el alcalde.

—Ayayay, de nuevo tú acá —se quejó a los gritos el alcalde.

—Y como ve, traigo a mi buen amigo el vecino, quién le mostrará a hacer la vertical —respondió Dilu con una sonrisa.

El vecino no estaba convencido, de hecho, Dilu lo sorprendió con su idea. Al principio trató de echarse atrás, pero al ver la cara de Dilu optó por seguirlo. Así probó y probó unas 435 veces hasta que por fin quedó de manos mirando por primera vez en la cara a Dilu. Pronto entraron a reír.

El alcalde seguía protestando.

—Ayayay se puede caer y lastimar y ayayay la ambulancia —temeroso decía el alcalde.

Dilu cansado ya de tanta queja, se puso frente al alcalde y viendo sus pies le dijo:

—Mire señor, usted se vive quejando. Tiene un pueblo con nombre de queja y gente que se queja. ¿Qué es lo que llama vivir bien? Yo estoy hablando frente a sus pies, con olor a queso Roquefort ¿Y? ¿Escucha mis quejas? ¿Qué hizo hoy además de quejarse? Yo pensaba que un alcalde era inteligente. Pero me equivoqué. Usted simplemente es un mayor más, uno de esos que suelen quejarse de que el mundo está al revés sin intentar usted darse vuelta. Mayor tenía que ser.

El alcalde se quedó helado. No podía creer todo lo que le dijo el joven de cabeza. Tanto es así que mientras Dilu caminaba cabeza abajo hacia Villa Mara el alcalde comenzó a intentar hacer la vertical.

Dilu escuchó un golpe, siguió caminando y mientras seguía, escuchaba más y más golpes. El alcalde ya no se quejaba, tan solo intentaba subirse de manos.

—Bueno querido vecino, ahora dígame, ¿cómo se siente de cabeza? —preguntó Dilu.

—¿Cómo me siento? Te cuento, por fin puedo ver de cerca el suelo. ¡Ahora será más fácil seguir las huellas de los sospechosos! Querido Dilu volveré a investigar grandes casos —concluyó el vecino ilusionado.

Definitivamente el mundo no es el que está al revés, es la gente.
Vamos, sigamos enseñando la vertical.

Fin.

Sobre el Autor

Florencia Leibaschoff

Nació en Palermo, Argentina, en 1978. Es escritora y directora creativa. Ahora vive en Dallas, Texas en donde escribe cuentos desde los rincones de su casa. Además, trabaja en una agencia de publicidad. Escribió cuentos cortos para una revista infantil de Arizona llamada Iguana y sueña con un mundo más optimista. Es la mamá de Lucas, Bruno, Lara y recientemente Pippo, su mini golden doodle. Es esposa, hija, hermana y amiga. Su casa siempre tiene las puertas abiertas para recibir visitas inesperadas y nuevas aventuras. Nunca supo hacer la vertical, pero lo sigue intentando.

CPSIA information can be obtained
at www.ICGtesting.com
Printed in the USA
LVHW070331230122
709137LV00007B/225